Princesse Zélina

Le tableau diabolique

Bruno Muscat

Tout petit, il adorait se déguiser en chevalier et sauver les princesses avec son épée en plastique. Trente ans plus tard, Bruno Muscat est journaliste à *Astrapi*. Raconter des histoires est devenu son métier, et les châteaux forts le font toujours autant rêver.

Philippe Sternis est surtout connu pour ses bandes dessinées : il a publié ses premières planches en 1974 dans le journal *Record*, avant de créer d'autres séries pour Bayard Presse. En 2000, il a publié *Pyrénée*, chez Vents d'Ouest, qui a reçu de nombreux prix, dont celui du festival de Creil.

BRUNO MUSCAT • PHILIPPE STERNIS

Princesse Zélina

Le tableau diabolique

bayard poche

Royaume de
Montagnes Noires
Landes d'Ohr
Kertala
Royaume de Loftburg
Sévrougo
Schnitzel
Lac d'Émeraude

Noordévie
N
O
E
S
Baghora
Le château
royal
Forêt de
Tildar
Oberon
Ile d'Ysambre
Port-Duchesse

Prologue

Un jour, Zélina montera sur le trône de Noordévie. Ainsi le veut son destin ! Mais la jolie princesse n'est pas pressée… En attendant, comme toutes les jeunes filles de son âge, elle préfère mordre la vie à pleines dents en compagnie de son amoureux, le prince Malik de Loftburg.

Hélas, le trône de Noordévie excite les convoitises…

Mandragone, la marâtre de Zélina, rêve de voir son fils Marcel couronné à la place de sa belle-fille. Et, avec l'aide du démon Belzékor, la méchante reine est prête à tout pour arriver à ses fins…

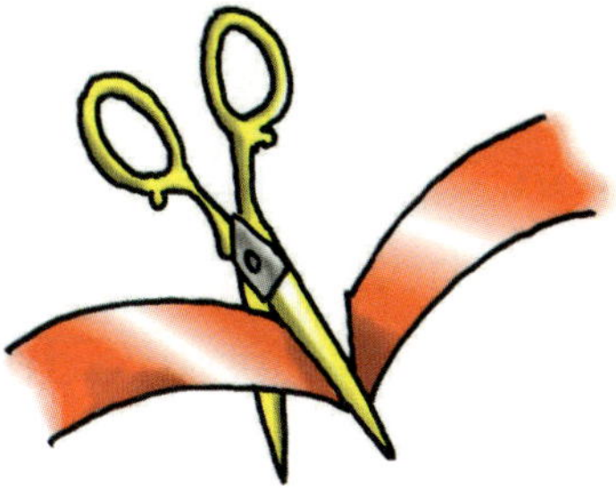

1

Jour de fête au palais

– Tout le monde est là ? demanda Zélina en saisissant une paire de ciseaux dorés sur le coussin de velours qu'on lui tendait.

La foule se pressa au pied du vieux donjon autour de la princesse, du roi Igor et du héros du jour, le célèbre Leandro Vinzini. Peintre, mais aussi inventeur, homme de sciences et humaniste, Leandro était curieux de tout. Partout, on le considérait comme l'un des esprits les plus éminents de son temps. Igor, qui l'admirait beaucoup, avait invité le génial artiste à venir vivre à ses côtés, au château d'Obéron. Ce jour-là était donc une grande date pour les deux hommes.

Zélina approcha les ciseaux du ruban écarlate et le coupa :

– Maître, j'ai le plaisir de déclarer votre atelier officiellement inauguré !

Cet atelier, c'était le présent de bienvenue d'Igor à Leandro. Afin que son hôte illustre puisse bénéficier à chaque instant des meilleures conditions pour exercer ses multiples talents, le roi avait demandé que l'on restaure l'ancien donjon du château, et qu'on le couvre d'une magnifique coupole de bois et de verre. Cette véritable prouesse architecturale avait fait la une des gazettes bien au-delà des frontières du royaume ! Ici, à l'écart du tumulte de la cour, le vieil homme pourrait travailler en toute sérénité.

La princesse reposa ses ciseaux et prit les clés de l'atelier, qu'elle remit à son nouveau propriétaire :

– Voilà ! Vous êtes maintenant chez vous !

Leandro bafouilla d'émotion en regardant Igor :

– Majesté… je… suis confus. Je ne sais comment vous remercier pour ce fabuleux cadeau !

Le roi secoua la tête avec véhémence :

– N'y pensez pas, cher ami. Tout l'honneur est pour moi !

Avec un petit sourire, il se gratta la barbe :

– Quoique… j'aurais bien un service à vous demander ! Mais vous n'êtes pas obligé d'accepter…

Le roi passa affectueusement le bras autour des épaules de sa fille, et ses yeux se mirent à pétiller :

– Voilà : je rêve de faire réaliser un grand portrait de ma petite colombe et de moi-même, afin de l'accrocher dans la salle du trône…

Les joues de Zélina rosirent.

– Vous voyez ? Quelque chose qui marque les esprits ! renchérit Igor.

Maître Vinzini tendit la main vers celle du vieux souverain.

– Sire, j'accepte avec joie ! s'exclama-t-il. Et je m'appliquerai à que ce tableau soit mon chef-d'œuvre !

– Père, voilà une merveilleuse idée ! s'écria Zélina en enlaçant le roi. Être le modèle du grand maître Leandro Vinzini… c'est un conte de fées !

À quelques pas de là, Mandragone sentit une colère froide monter en elle. Elle serra les poings. La reine avait bien compris toute la dimension politique de la commande d'Igor. Elle savait depuis fort longtemps que ce dernier avait choisi sa fille comme héritière. Cependant, cette façon de le clamer ainsi à tous… Ça, Mandragone ne le supportait pas !

Mais personne ne remarqua la mauvaise humeur de la reine pendant la réception qui suivit la cérémonie. Igor était aux anges, Belzékor engloutissait des petits-fours en se pourléchant les babines, et Malik admirait sa princesse en se disant que, décidément, elle n'avait jamais été aussi belle…

Quant à Zélina, elle dut faire de gros efforts pour surmonter sa timidité et poser à l'auguste peintre une question qui lui brûlait les lèvres :

– Maître… quand pensez-vous commencer notre portrait ?

– Dès que possible… Pourquoi pas demain matin ? lui proposa Leandro le plus simplement du monde.

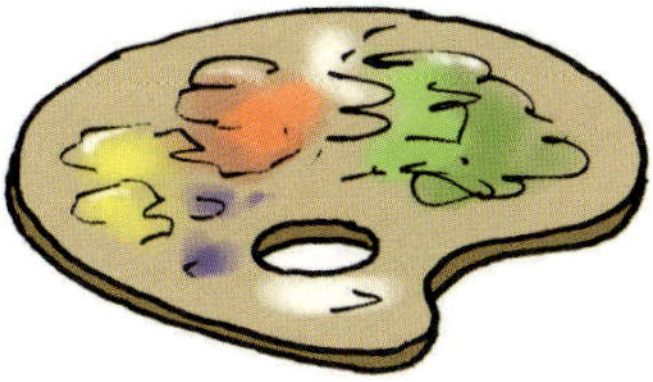

2

Le désordre de maître Vinzini

Le lendemain, Zélina et Igor se levèrent avec le soleil. Après un petit déjeuner vite avalé, ils traversèrent le jardin, entrèrent dans le donjon et gravirent avec entrain l'escalier qui menait à l'atelier de maître Vinzini. Aussi excité que sa fille, le roi avait rajeuni de dix ans ! Les moments qu'ils partageaient ainsi tous les deux étaient rares, et le souverain avait à cœur de savourer celui-ci.

Le peintre les accueillit chaleureusement dans son atelier. Malgré le poids des ans, il émanait de sa personne une grande énergie. De longs cheveux ondoyants et une belle barbe blanche encadraient un visage décidé, où brillaient des yeux bleus pleins de malice. Zélina découvrit, fascinée, le capharnaüm qui régnait déjà sous la coupole. Le sol était jonché d'étranges maquettes, de manuscrits à l'écriture indéchiffrable, de papiers froissés ou déchirés, de plans, de tableaux inachevés, de tubes de peinture débouchés et de flacons d'huiles en tout genre…

– Je suis désolé, mais je n'ai pas encore eu le temps de ranger ! s'excusa Leandro. Et j'ai besoin d'être entouré de toutes mes affaires pour trouver l'inspiration…

La princesse aima immédiatement cet endroit. Elle n'avait jamais rien vu de semblable auparavant.

– N'y changez surtout rien, maître ! L'essentiel, c'est que vous vous sentiez bien chez vous. N'est-ce pas, père ?

Le beau sourire et la franchise avec lesquels la princesse avait prononcé ces mots séduisirent Leandro. S'il avait eu quelques années de moins, il lui aurait volontiers conté fleurette… Son portrait allait être une merveille !

Maître Vinzini guida ses invités jusqu'au centre de l'atelier, où tous les trois cherchèrent la pose que devraient prendre les deux modèles. Après quelques essais infructueux, Zélina proposa de faire asseoir Igor sur un fauteuil, tandis qu'elle se tiendrait derrière lui, légèrement décalée, les mains affectueusement posées sur ses épaules. Les deux hommes furent enthousiasmés par son idée.

– Eh bien, maintenant que chacun est bien à sa place, que diriez-vous de nous lancer ? suggéra Leandro en installant sa plus grande toile vierge sur son chevalet.

Il saisit une craie bleue et esquissa d'une main sûre les silhouettes de Zélina et de son père. On frappa alors à la porte. L'un des conseillers du Grand Chambellan du royaume passa la tête dans l'embrasure et rappela à Igor que c'était l'heure du conseil des ministres. Le roi, déçu, interrompit la séance de pose…

– Ce n'est pas grave, vous reviendrez demain ! le tranquillisa maître Vinzini. Nous avons tout notre temps…

Zélina quitta l'atelier avec son père et retrouva son amie Ambre dans le grand vestibule du château. Elle se dépêcha de lui raconter ses aventures de la matinée. Elle aussi était tombée sous le charme du maître !

– Il est tellement gentil… et si simple, malgré sa renommée !

Tandis qu'elle descendait l'escalier à la recherche de son âme damnée Belzékor, Mandragone surprit la conversation des deux jeunes filles. Sa main se crispa d'agacement sur la rampe. Pour qui se prenait cette petite péronnelle ? Hâtant le pas, la reine sortit dans le jardin en claquant rageusement la porte derrière elle. Elle aperçut enfin le démon, qui ramassait des framboises, et le héla, fort irritée :

– Comment osez-vous vous goinfrer pendant qu'Igor est en train d'installer sa fille sur le trône ?

Belzékor la regarda, interloqué. Du jus de framboise coula le long de son menton. Que lui valait ce soudain courroux ? Il ne tarda pas à avoir la réponse.

– Reprenez-vous, mon ami ! Et débrouillez-vous pour faire capoter cette ridicule histoire de tableau !

3

La naissance d'une amitié

Les jours passèrent… Tous les matins, Zélina rejoignait maître Vinzini. Pour rien au monde, elle n'aurait manqué ce rendez-vous, auquel elle venait hélas seule… Igor, trop occupé, ne l'accompagnait que rarement.

Pendant les longues séances de pose, le vieil artiste racontait à son modèle l'extraordinaire histoire de sa vie. Il avait connu toutes les cours royales, voyagé aux quatre coins du monde, vécu mille aventures et rencontré une foule de personnages plus extravagants les uns que les autres. Malgré cela, Leandro avait su rester modeste et il veillait à ne jamais se donner le beau rôle dans ses fabuleux récits…

Une vraie complicité s'était nouée entre le vénérable artiste et la jolie princesse, si bien que Malik avait fini par en éprouver un peu de jalousie. Afin de dissiper tout malentendu, maître Vinzini avait invité le jeune homme à partager avec eux l'un de ces moments privilégiés, ce que le prince avait accepté sans se faire prier.

Ce mardi-là, Malik accompagna donc son amoureuse à l'atelier. Ils y trouvèrent un Leandro affable comme à son habitude, mais un peu désabusé.

– Mademoiselle, comment le roi Igor compte-t-il que je termine son portrait s'il ne vient jamais me voir ? se plaignit-il à Zélina.

Cette dernière promit d'en toucher un mot à son père. Le pauvre… Il aurait préféré se joindre à eux que d'être une fois de plus retenu par les affaires du royaume !

La princesse prit la pose devant le chevalet de maître Vinzini, qui sembla d'un coup oublier tous ses tourments. Son pinceau mélangea les couleurs sur sa palette, avant de tourbillonner sur la toile. Le peintre jubilait :

– Quelle grâce ! Quelle beauté ! Monseigneur, vous avez une chance folle d'avoir une si charmante fiancée…

À ce mot, Zélina rougit jusqu'aux oreilles : « fiancée »… elle ne l'était pas encore, mais elle en rêvait ! Cherchant Malik du regard, elle le découvrit qui lui faisait des grimaces derrière Leandro. Elle ne put alors réprimer un fou rire. Maître Vinzini se retourna, les mains sur les hanches et les sourcils froncés :

– Dites-moi, jeune homme… Je vous y prends à déconcentrer mon modèle !

Malik s'excusa platement et promit de cesser de dissiper sa princesse. Pour passer le temps, il décida d'explorer l'atelier. Très vite, il fut fasciné par tout ce qui l'entourait. Ces machines extraordinaires, ces grimoires couverts de plans et d'équations mathématiques… C'était prodigieux !

– N'ayez pas peur, fit Leandro. Vous pouvez toucher !

Le prince saisit l'une des maquettes, celle qui l'intriguait le plus,

et l'admira sous tous les angles. C'était une sorte d'homme volant, qui portait une large paire d'ailes articulées sur le dos. Le peintre, flatté par tant d'intérêt, adressa un grand sourire à Malik.

– C'est l'invention dont je suis le plus fier, confessa-t-il. Quand elle sera au point, nous pourrons tous voler comme des oiseaux !

– Et comment pensez-vous l'animer ? demanda Malik.

Maître Vinzini posa son pinceau sur sa palette et rejoignit l'amoureux de Zélina :

– Eh bien… j'ai quelques idées là-dessus !

Les deux hommes se lancèrent alors dans un débat complexe, où il fut question d'engrenages et de ressorts, de force et de résistance. Bientôt, leur conversation se révéla si passionnante qu'ils en oublièrent complètement le malheureux modèle… D'abord enchantée que ses amis se soient ainsi apprivoisés, Zélina finit toutefois par trouver le temps long. Au bout de quelques interminables minutes de solitude, elle toussota :

– Hum… Excusez-moi, messieurs ! Puis-je abandonner la pose pendant que vous discutez ? Parce que, voyez-vous, je commence à avoir des crampes !

4

Le sortilège d'Aspirio Coloris

Au même moment, Belzékor, vautré sur son fauteuil, cherchait désespérément l'inspiration en grignotant des bretzels. Il s'apprêtait à tendre le bras vers une bonne bouteille afin de se rincer le gosier, lorsqu'il sentit une présence derrière lui. Un frisson glacé parcourut son échine.

– S… S… Seigneur ? balbutia-t-il.

L'ombre de Koor, le Prince des Ténèbres, l'enveloppa lentement.

– Ça fait longtemps que nous ne nous sommes vus, misérable vermisseau, lança l'inquiétante créature d'une voix sépulcrale. Alors… comment vont tes affaires ?

– B… bien…, bafouilla le petit démon.

– Et la mission que je t'ai confiée ?

– Justement… en cet instant… elle occupe tout mon esprit…

Le Prince des Ténèbres rugit :

– Si je t'ai envoyé auprès de la reine Mandragone, c'était pour que tu accomplisses une tâche bien précise. Or, il est revenu à mes oreilles que la reine commence à s'impatienter !

Non que Koor eût la moindre considération pour cette pitoyable humaine. Mais un marché était un marché : il y avait quelques années de cela, Mandragone lui avait offert la vie de la reine Mathilde, et Koor lui avait promis de prendre celle de sa fille Zélina en échange. Belzékor avait été envoyé au château pour honorer cette part du contrat.

– Alors, vil cloporte, as-tu un plan ?

Pris au dépourvu, Belzékor marmonna que oui, bien sûr, il débordait d'idées… que cette affaire n'allait pas tarder à être réglée. Promis, juré, le sort de cette petite peste de princesse serait définitivement scellé d'ici peu.

– Et quelles sont-elles, ces idées ? insista Koor.

Le nabot sentit la sueur dégouliner le long de ses tempes… Vite… Il fallait qu'il trouve quelque chose, sinon il risquait de passer un mauvais quart d'heure.

– C'est-à-dire que…

Chassant nerveusement du revers de la main quelques miettes sur sa manche, Belzékor bredouilla :

– Je… le roi… enfin, maître Vinzini est en train de peindre un grand portrait du roi et de sa fille, et…

– Et ? le pressa Koor.

L'étau autour de Belzékor se resserrait dangereusement. Pris de panique, il fut obligé d'improviser, ce qu'il détestait plus que tout :

– Ce tableau… au fur et à mesure de sa réalisation… va, euh… enfin… dévorer la princesse… C'est ça ! La princesse et son père. Oui, oui… son père aussi !

C'était vraiment n'importe quoi, mais Koor semblait mordre à l'hameçon. Soudain, son regard s'éclaira et il s'exclama :

– Le sortilège d'Aspirio Coloris ! C'est excellent ! Tu me surprends, méprisable pourceau !

– Le sortilège d'Aspo… d'Aspirio Coloris…, répéta Belzékor. Voilà ma solution !

Le sortilège d'Aspirio Coloris… Le petit démon n'avait aucune idée de ce que cela pouvait être. L'essentiel, pour le moment, était de gagner du temps et de ne pas s'attirer les foudres de son maître.

– Et l'élixir d'Acanthe nécessaire à sa préparation ? Comment comptes-tu te le procurer ? gronda Koor.

L'élixir d'Acanthe ? Jamais Belzékor n'avait entendu ce nom auparavant.

– Euh… l'élixir d'Acanthe ? Ah… c'est vrai que ça ne se trouve pas sous le sabot d'un cheval…

Koor esquissa un petit sourire. Le maître des ténèbres savait aussi se montrer grand seigneur. D'un geste pompeux, il fit apparaître une fiole qu'il tendit au démon :

– Tiens, ça devrait te suffire… Fais-en bon usage !

Belzékor n'eut pas le temps de remercier Koor que, déjà, celui-ci s'était évaporé. Le nabot, interloqué, regarda un instant le flacon, puis il leva les yeux au ciel en soupirant.

– Aspirio Coloris..., grogna-t-il en promenant son doigt crochu sur les grimoires poussiéreux de sa bibliothèque. Pff... Où diable vais-je bien pouvoir trouver cela ?

5

Belzékor passe à l'action !

Ce soir-là, on soupa de bonne heure au château. En effet, personne ne voulait être en retard au concert que Foulque de Lanquetin, le prince des troubadours, allait donner à la cour ! À huit heures tapantes, chacun prit donc place autour du roi Igor et de la princesse Zélina dans le salon de musique, impatient d'écouter le récital du célèbre virtuose. Tout le monde était là, ou presque.

– M. Belzékor n'aime pas la musique de messire de Lanquetin ? s'étonna Zélina en remarquant l'absence du conseiller de Mandragone aux côtés de la reine.

La reine prit un air contrit :

– Hélas… Le pauvre aurait adoré être parmi nous ! Mais il ne se sentait pas très bien, et il est monté se coucher tout de suite après le dîner…

– Votre ami devrait peut-être mieux surveiller son alimentation ! souffla la princesse, non sans une pointe d'ironie.

En réalité, Belzékor se portait comme un charme. Tapi au pied du grand escalier, il attendit que les premières notes du clavecin de Foulque résonnent dans le château pour se glisser dans le jardin. Le démon traversa discrètement la pelouse et se rendit à l'atelier de maître Vinzini. Les dernières lueurs du jour baignaient l'intérieur de la grande verrière.

– Nous y voilà…, savoura l'ignoble créature. Cette fois-ci, grâce à l'aide de Koor, je ne peux pas échouer !

D'un geste impatient, Belzékor écarta le drap qui recouvrait le tableau posé sur le chevalet et sortit un vaporisateur à parfum de sa poche.

– Hé, hé… L'élixir d'Acanthe, c'est excellent pour le teint ! glousa-t-il, en aspergeant la toile avec le contenu du flacon. Ça souligne si bien la pâleur des traits !

Le démon éclata d'un rire sardonique. Il rangea le vaporisateur au fond de sa poche, puis saisit un parchemin caché dans sa manche, qu'il déplia avec soin. Il se concentra un instant, avant de commencer à lire à voix basse la formule magique du sortilège d'Aspirio Coloris. Il prononça quelques formules incompréhensibles pour le commun des mortels, et finit par ces mots terribles :

– *De ceux dont tu décris si bien les traits,*
ô noble tableau,
Aspire un soupçon de vie
à chaque coup de pinceau !

À peine le démon avait-il achevé sa phrase que le parchemin se consuma entre ses doigts.

L'effroyable sortilège ne tarda pas à faire son effet.

Le lendemain matin, le roi trouva enfin le temps d'accompagner Zélina à l'atelier de Leandro. À l'issue de la séance de pose, tandis qu'Igor et sa fille se promenaient dans le jardin, Ambre s'approcha de son amie et la prit un instant à part. Elle avait l'air fort inquiète.

– Mademoiselle, comme vous êtes pâle, aujourd'hui ! Votre père aussi…

La princesse s'esclaffa. Elle connaissait bien la nature anxieuse de sa chère demoiselle de compagnie…

– Arrête de t'alarmer pour si peu, ma douce Ambre ! Le roi et moi allons très bien, rassure-toi… Nous sommes sans doute restés un peu trop longtemps immobiles devant le chevalet de maître Vinzini, voilà tout !

6

Une amitié dangereuse

Les jours passèrent… Zélina continua à poser chaque matin pour maître Vinzini. Seule Ambre l'accompagnait parfois. Le roi Igor et Malik, eux, ne foulaient plus guère le seuil du vieux donjon, au grand dam de Leandro. Toutefois, l'illustre peintre, à la longue, s'était fait une raison…

Igor ne pouvait consacrer plus de temps à son ami car il avait fort à faire… En effet, le royaume s'apprêtait à recevoir le roi Otto de Loftburg en visite officielle pour la première fois, et le père de

Zélina peaufinait un traité d'amitié entre les deux pays qui devait être signé à cette occasion. L'enjeu était d'importance : ce parchemin allait mettre fin à plusieurs décennies de tension et de chicaneries. Chaque mot qui le composait, chaque concession demandée de part et d'autre nécessitaient d'être pesés plutôt cent fois qu'une. Mais la paix était à ce prix ! Pour que ce traité soit une réussite, Igor avait su convaincre l'amoureux de sa fille, fils de son vieil ennemi Otto, de s'impliquer dans sa rédaction. Le prince Malik, conscient de participer à l'histoire, s'était dès lors tout entier investi dans cette noble mission. Igor avait promis qu'une fois le traité rédigé, il se consacrerait à maître Vinzini, et Malik, qu'il cesserait de négliger l'élue de son cœur… « Mais en attendant, répétaient-ils tous les deux de concert, il faut nous laisser du temps pour mener notre tâche à bien ! »

En l'absence du roi, maître Vinzini se concentra tout entier sur le portrait de Zélina. C'était un

perfectionniste, qui n'aimait pas se hâter ! De plus, l'artiste appréciait beaucoup la présence de la fraîche jeune fille, qui le lui rendait bien.

– Mademoiselle, avait-il coutume de déclarer chaque matin à son arrivée, vous êtes le rayon de soleil de ma journée…

– Et le moment que nous passons ensemble est pour moi un bol d'air pur au milieu de toutes mes obligations ! lui répondait invariablement la princesse.

Au fil des jours, Zélina commença à se confier de plus en plus au peintre. Elle lui raconta, par exemple, comment son père l'avait chargée de l'organisation des festivités pour la venue d'Otto. Elle lui parla aussi de choses plus intimes : de sa mère, qui lui manquait tant, et des doux sentiments qui l'unissaient à son Malik… Leandro avait vécu, c'était un sage dont les conseils faisaient souvent mouche. À la princesse amère d'être délaissée, il recommanda de prendre patience :

– Si votre cher Malik travaille tant sur ce traité, c'est uniquement parce qu'il vous aime plus que tout… C'est l'avenir de votre couple qu'il tisse en ce moment avec votre père !

Cependant, jour après jour, le maléfice accomplissait sa sinistre besogne. À chaque nouveau coup de pinceau de maître Vinzini, si léger soit-il, un soupçon de vie s'évanouissait en Zélina. Au départ, ce fut imperceptible : des joues qui perdent de leur éclat, une peau qui se fait de plus en plus diaphane, une étincelle qui s'efface dans les yeux… Puis la fatigue apparut, le souffle de la princesse se fit plus rauque. Belzékor, qui guettait ces signes dans l'ombre, s'en réjouit. Le cruel démon sentait qu'il tenait enfin le bon bout !

7

Une princesse malade

Ce matin-là, Zélina souffrit de vertige en sortant de son lit. À peine avait-elle posé le pied par terre que sa tête se mit à tourner et la princesse dut se rasseoir. Jamais cela ne lui était arrivé auparavant... Zélina prit son courage à deux mains et se lança en titubant vers sa coiffeuse. Elle eut les plus grandes difficultés à soulever le pichet pour verser un peu d'eau dans la vasque.

– Que m'arrive-t-il, bon sang ? se lamenta la jeune fille en regardant son visage dans la glace.

Son teint était pâle et ses traits tirés. L'eau fraîche lui redonna quelques forces et elle parvint à s'habiller. Elle descendit dans la salle à manger en se tenant à la rampe. Mais la simple vision de la table du petit déjeuner lui donna la nausée.

– Ambre…, gémit la princesse.

Elle se souvint alors que son amie avait pris sa matinée pour rendre visite à une vieille tante en ville. Neuf heures sonnèrent à l'horloge du château.

– Maître Vinzini… Il ne faut pas que je le fasse attendre.

Leandro, inquiet de sa mauvaise mine, proposa à Zélina d'ajourner la séance.

– Non, maître…, refusa-t-elle. Ce n'est qu'une petite fatigue passagère. Et puis, je suis sûre que votre conversation me fera du bien !

Le peintre n'insista pas. Il savait son modèle têtu…

Sur les coups de midi, il proposa toutefois à Zélina d'en rester là pour cette fois, et il lui conseilla de profiter de l'après-midi pour se reposer. Celle-ci leva les yeux au ciel :

– Si vous saviez le nombre de choses que je dois faire !

Elle quitta l'atelier et, alors qu'elle traversait le jardin, sentit tout se brouiller dans sa tête. Elle fut comme aspirée par un grand vide intérieur et perdit connaissance devant la fontaine de Cupidon.

Ambre, qui revenait de la ville, l'aperçut et se précipita vers elle, affolée :

– Mademoiselle ! Mademoiselle !

Sans perdre son sang-froid, la demoiselle de compagnie dégrafa la robe de sa princesse pour lui donner un peu d'air, puis tamponna son front avec de l'eau glacée. Zélina revint doucement à elle.

– Mademoiselle, il ne faut pas nous faire de telles peurs ! la gronda gentiment Ambre, un peu rassurée.

Les deux jeunes filles rentrèrent au château, où elles furent vite rejointes par Malik et Igor. Au calme dans le petit salon, la princesse tenta de tranquilliser les siens :

– Ne vous en faites pas, ce n'est qu'un peu de surmenage. Avec tout ce que nous avons à penser en ce moment, je n'ai pas beaucoup pris le temps de souffler, ces derniers jours…

Tous convinrent qu'elle s'était beaucoup investie dans l'organisation des festivités pour la réception d'Otto, trop sans doute, et qu'elle devait se ménager. Ce projet lui tenait tant à cœur que la jeune princesse refusa d'abord d'y renoncer. Devant l'insistance de son père, elle fut toutefois bien obligée de s'incliner, la mort dans l'âme. Ambre lui proposa alors de l'emmener se changer les idées chez ses parents, à la campagne.

– Mais on a besoin de moi, ici !

– Chut…, fit Malik en posant un doigt sur les lèvres de sa promise. On a certes besoin de vous, mais en pleine forme. Alors, faites-nous le plaisir de prendre quelques jours de vacances !

À bout de forces et d'arguments, Zélina finit par accepter l'invitation de son amie.

Belzékor monta informer Mandragone du malaise de sa belle-fille. Un sourire diabolique éclaira le visage de la reine, qui caressa affectueusement le crâne de son petit démon.

– Je ne veux pas savoir ce que vous mijotez… Mais, si vous réussissez à me débarrasser définitivement de ce poison de Zélina, je vous promets le plus fastueux de tous les banquets !

8

Des vacances revigorantes !

Le bon air de la campagne fit le plus grand bien à la petite princesse.

Reçue comme une reine par les parents d'Ambre dans leur charmante demeure de Kerantec, Zélina reprit vite des couleurs. Les deux jeunes filles consacrèrent leurs quelques jours de vacances à sillonner les sentiers qui longeaient le lac d'Émeraude, à ramasser des genêts dans la lande pour en faire de magnifiques bouquets et à se reposer au soleil sur la terrasse du manoir.

– Votre petit coin de paradis vaut tous les médecins du monde, avoua Zélina à la mère d'Ambre un soir, au coin du feu.

– Mademoiselle, vous serez toujours la bienvenue, ici ! répondit celle-ci en rougissant. Vous recevoir, vous et ma fille, est un véritable bain de jouvence pour moi aussi !

Bientôt, Zélina se sentit prête à rentrer à Obéron. Ce fut bien sûr le cœur un peu gros qu'elle quitta l'insouciance de Kerantec et la gentillesse de ses hôtes. Mais son devoir à la capitale l'appelait et elle ne pouvait pas s'y dérober !

Sur la Grand Place d'Obéron, Malik attendait avec impatience qu'arrive la diligence de sa princesse. Lorsque Zélina l'aperçut par la fenêtre, debout au milieu de la foule, son cœur s'emballa. Qu'il était élégant ! On ne voyait que lui ! La lourde voiture ne s'était pas encore arrêtée que la princesse en avait déjà ouvert la porte pour se précipiter dans les bras de son amoureux.

– Mon prince… vous m'avez trop manqué ! hoqueta-t-elle, en le couvrant de baisers.

Soudain, elle prit conscience que quelque chose n'allait pas.

– Vous… n'êtes pas heureux de me retrouver ? chuchota-t-elle.

Le jeune homme plongea ses yeux graves dans ceux de la princesse :

– C'est votre père… Depuis hier, il ne va pas bien du tout !

– Mon père ? lâcha-elle, en manquant de s'étouffer.

Les deux tourtereaux regagnèrent immédiatement le château. Zélina trouva Igor dans son lit, entouré par ses médecins. Leurs mines sombres l'accablèrent.

– Père… Que se passe-t-il ?

– Mon enfant, si tu savais combien je me sens faible…, murmura le roi.

La princesse dévisagea les docteurs en fronçant les sourcils. Ils lui jetèrent en retour des regards impuissants.

– Vous allez le guérir, n'est-ce pas ? implora-elle, en les prenant à part.

– Hélas ! nous ne connaissons même pas le mal dont il souffre…, répondit l'un d'entre eux, penaud.

Laissant son cher père faire la sieste, Zélina se dirigea vers la porte de la chambre. Elle essaya de se rassurer comme elle le pouvait. Peut-être n'était-ce qu'un simple accès de fatigue, et qu'un peu de repos suffirait à le remettre sur pied ? Perdue dans ses pensées, elle faillit percuter maître Vinzini qui venait aux nouvelles.

– Elles ne sont guère bonnes…, lui annonça la princesse à voix basse.

– Je ne comprends pas, il semblait pourtant si bien et si détendu à l'atelier.

– Comment ça, maître ? le pressa Zélina.

Leandro lui expliqua que, le traité enfin rédigé, le roi s'était plutôt ménagé, ces derniers jours. Il lui avait même consacré plusieurs après-midi entiers. Le peintre, ravi de l'aubaine, en avait profité pour bien avancer son portrait.

– Ce ne sont quand même pas mes séances de pose qui ont à ce point affaibli votre pauvre père ? gémit le vieil homme, bouleversé. Je m'en voudrais toute ma vie…

Émue par la détresse de son ami, Zélina tenta de l'apaiser :

– Certainement pas, maître ! Les instants passés avec vous sont plutôt de bonnes occasions de se reposer le corps et l'esprit…

Tandis qu'elle prononçait ces paroles, un doute s'insinua en elle. Quelle curieuse coïncidence, tout de même… Elle secoua vigoureusement la tête pour chasser cette idée saugrenue. Il était invraisemblable qu'il y ait le moindre lien entre leur maladie et le tableau de maître Vinzini.

9

Une escapade nocturne

Pendant toute la journée, Zélina ne put s'empêcher de penser au tableau de maître Vinzini. Quelque chose la chiffonnait, sans qu'elle sache dire quoi. Elle ne soupçonnait pas Leandro de quoi que ce soit, non… Néanmoins, elle devinait comme une menace diffuse autour de l'atelier, une sorte de mauvais sort. Elle finit par s'en ouvrir discrètement à Malik. Mais le jeune prince avait l'esprit cartésien, et il balaya les doutes de sa princesse sans aucun état d'âme :

– Voyons, ma chérie, tout ceci n'est qu'un fâcheux hasard !

– J'aimerais bien partager votre avis, maugréa la princesse. Seulement, je ne peux m'empêcher d'être troublée !

Face aux protestations de Zélina, Malik finit par se rendre :

– D'accord… Si vous voulez en avoir le cœur net, que diriez-vous d'aller visiter l'atelier de maître Leandro cette nuit ? Il se sera retiré dans

ses appartements du logis royal pour dormir, et nous aurons le champ libre…

Soulagée, la jeune fille accepta aussitôt. Rendez-vous fut pris pour minuit devant le donjon.

À l'heure dite, les amoureux se retrouvèrent à la porte de l'atelier. Pour l'occasion, Zélina était accompagnée de sa chère marraine, la fée Rosette, que cette expédition nocturne excitait au plus haut point. Hélas, les deux donzelles n'étaient pas venues seules… Intrigué par leur escapade, Belzékor les avait suivies en prenant

garde à ne pas se faire découvrir. Caché dans l'ombre d'un buisson, il observait le petit groupe avec une attention non dénuée d'inquiétude. Malik demanda à Zélina une épingle à cheveux, avec laquelle il crocheta sans effort la grosse serrure.

– Je ne vous connaissais pas ces talents de cambrioleur, pouffa la princesse.

– Mon amour, c'est qu'avant de vous rencontrer, j'aimais faire le mur au château de mon père, et j'ai souvent trouvé porte close en rentrant. Je vous en prie, mesdames, après vous…

Malik s'effaça, et Zélina pénétra dans le donjon. Elle alluma une lanterne qu'elle avait apportée, et les trois compères grimpèrent jusqu'au luxueux atelier. La porte de ce dernier passée, ils se mirent à inspecter la pièce dans ses moindres recoins.

– Je ne vois rien de suspect ici, grommela Malik. Il n'y a que des toiles, du papier et des tubes de peinture… Nous ne devrions pas nous attarder, nous allons finir par nous faire repérer.

Rosette, elle aussi, se sentait mal à l'aise, mais pas pour la même raison. Elle avait flairé comme une sorte d'aura maléfique autour du tableau, quelque chose qu'elle n'arrivait pas à identifier. Quelque chose qui n'était pas humain, en tout cas…

– Allons-nous-en ! s'énerva Malik. Nous n'avons rien à faire ici…

– Un instant encore, s'il vous plaît…, implora Zélina.

Elle venait de découvrir la palette du maître, cette palette aux couleurs si extraordinaires. Si magiques… Un étrange pressentiment l'avait saisie.

– Se pourrait-il que…

La princesse s'empara d'un pinceau. Elle contempla un instant un magnifique bouquet de fleurs qui trônait au milieu de la verrière. Puis elle commença à barbouiller le portrait d'elle et de son père, commencé par maître Vinzini.

– Si je me trompe, aïe, aïe, aïe…, marmonna-t-elle en se mordant la lèvre.

D'une série de traits énergiques, elle esquissa rapidement le contour du bouquet. Rosette la regardait, éberluée, tandis que Malik s'avançait déjà dans l'escalier.

– Vite, venez…, grogna le jeune homme.

– Attendez, supplia Zélina. Un peu de rouge, et de violet…

Au fur et à mesure que son pinceau s'agitait sur la grande toile, les belles fleurs qui composaient le bouquet s'étiolaient. Elles perdirent peu à peu toutes leurs couleurs et finirent par se faner complètement…

10

La proie des flammes

Tapi dans l'ombre de l'atelier, Belzékor poussa un grognement étouffé : tout était perdu ! Fou de rage, il se transforma en courant d'air et renversa la lanterne de la princesse sur les plans de maître Vinzini. Le papier s'embrasa aussitôt et le feu naissant gagna rapidement les huiles du peintre… Puis le démon fonça sur la porte, qu'il claqua au nez de l'infortuné Malik.

– À défaut de mourir consumée par le tableau, cette petite peste périra dans les flammes ! souffla l'immonde créature pleine de haine, avant de s'évader par le conduit de la cheminée.

Zélina et Rosette étaient prises au piège. La princesse secoua de toutes ses forces la porte, qui refusa de céder.

– Ouvrez-nous, Malik ! hurla-t-elle.

– Je ne peux pas, hoqueta le jeune homme de l'autre côté du battant. La serrure est bloquée !

Le feu se répandit dans la fine ossature de la verrière, qui ne tarda pas à se désagréger. Une vitre se détacha et heurta la tête de Rosette, qui tomba inconsciente aux pieds de sa filleule.

– Marraine… Non ! s'étrangla Zélina.

Il y eut un craquement sinistre. Le temps pressait ! La princesse ramassa Rosette et la posa à l'intérieur de sa robe, contre sa poitrine. La charpente cédait de partout, et n'allait pas tarder à s'effondrer.

– Si nous ne trouvons pas le moyen de nous échapper très vite, sanglota Zélina, nous allons mourir brûlées vives !

Soudain, la princesse aperçut la maquette du planeur de Leandro, qui se consumait sur un coin de table.

– Ah ! Si je pouvais voler…, gémit-elle. Mais, pour cela, il me faudrait des ailes !

Ses yeux se posèrent alors sur la toile maudite. Des ailes… Bien sûr ! Elle tenait la solution !

– D'abord, sortir de là !

Zélina saisit un tabouret et brisa ce qui restait de la verrière. Puis elle s'empara du tableau, s'extirpa tant bien que mal de l'atelier et hissa la toile au-dessus de sa tête en tenant fermement le cadre de bois sur lequel elle était tendue.

– Que c'est haut ! frémit la princesse en regardant la foule qui, réveillée par l'incendie, commençait à s'agglutiner sur la pelouse.

Zélina respira un grand coup et plongea dans le vide. Sa chute lui sembla durer des heures. Mais, à l'instant où la jeune fille allait s'écraser, son aile improvisée se cabra, reprit un peu de hauteur, puis enfin plana comme une feuille. Bientôt, les pieds de Zélina touchèrent le sol. Elle fit un magnifique roulé-boulé et tous les habitants du château se pressèrent autour d'elle.

– Princesse… Tout va bien ? demanda Malik en se penchant sur elle.

– Ça va, ça va…, grogna la jeune fille. Mais Rosette… elle est blessée !

Fort heureusement, la petite fée n'était qu'étourdie, et elle reprit vite connaissance. Zélina, terrassée par toutes ces émotions, se laissa aller dans les bras de Malik. Le beau prince la serra tendrement contre lui :

– J'ai eu si peur de vous perdre, mon amour…

À cet instant, les amoureux furent rejoints par Leandro. Le peintre était bouleversé :

– Dieu soit loué, vous n'avez rien ! Mais que s'est-il passé ?

Zélina lui raconta en quelques mots leur tragique aventure. Le tableau… le feu qui prend de nulle part… Maître Vinzini manqua de défaillir :

– Je… je ne comprends pas. Je ne me le pardonnerai jamais !

– Rassurez-vous, monseigneur, vous n'y êtes pour rien, murmura Rosette d'une voix chétive. Quelqu'un a ensorcelé le tableau à votre insu…

Tous les quatre se tournèrent vers la toile, qui achevait de se consumer à quelques pas de là…

– Qui peut bien vous vouloir autant de mal ? gémit Leandro.

La foule s'écarta alors, laissant passer le roi et la reine.

– Père ! s'écria la princesse. Vous êtes guéri ?

Le regard de Zélina croisa celui de sa belle-mère.

Elle crut y lire du dépit, de la colère, même… Mandragone se ressaisit. Zélina frissonna. Non… elle n'osait y croire. Cependant, elle n'avait pas rêvé cette lueur terrible dans les yeux de sa belle-mère… Mais la bonne humeur de son père chassa ces idées noires.

– C'est un miracle ! s'exclama Igor. Tout à l'heure, je ne pouvais même pas me lever de mon lit, et là, d'un coup… je pourrais gambader dans les prés ! Et toi, tu es saine et sauve !

Zélina l'étreignit, folle de joie, alors qu'il esquissait un pas de danse. En dévorant le tableau, le feu avait définitivement dissipé l'étrange maléfice. À la vue de ce qui restait de son chef-d'œuvre, maître Vinzini laissa couler une larme :

– Plus jamais je n'oserai peindre, après ce qui vient d'arriver…

Igor lui donna une grande bourrade pleine d'affection dans le dos :

– Comment ça, mon ami ? Mais moi, je le veux, mon chef-d'œuvre !

À ces mots, Malik sourit. Ses longs cheveux caressèrent le front de Zélina :

– Je trouve votre père bien exigeant…

Le prince se pencha un peu plus vers sa dulcinée, et il chuchota doucement :

– Car il l'a déjà, son chef-d'œuvre… C'est vous, mon amour !

Dans la même collection

N° 1
L'héritière imprudente

N° 2
Le rosier magique

N° 3
La fille du sultan

N° 4
Prisonniers du dragon

N° 5
Les yeux maléfiques

N° 6
L'île aux espions

N° 7
Le poignard ensorcelé

N° 8
Un mariage explosif !

N° 9
Panique à Obéron !

N° 10
La comédie de l'amour

N° 11
L'évadé d'Ysambre

N° 12
L'étoile des neiges

N° 13
Le Viking attaque

N° 14
Le secret de Malik

N° 15
Le grand prix de Noordévie

N° 16
Les enfants perdus

N° 17
Le lotus pourpre

N° 18
Les naufragés du vent

N° 19
La comète de Malik

N° 20
L'ombre du chat

N° 21
Les fantômes de Zélina

N° 22
Le colosse de fer

N° 23
Le tableau diabolique

Auteur : Bruno Muscat. Illustrateur : Philippe Sternis
Couleurs : Franck Gureghian. Illustrations 3D : Mathieu Roussel.
D'après les personnages originaux d'Édith Grattery et Bruno Muscat

18, rue Barbès, 92128 Montrouge

ISBN : 978-2-7470-3412-8
Dépôt légal : novembre 2010
Loi 49 956 du 16 juillet 1949 sur les publications destinées à la jeunesse

Imprimé par Pollina, Luçon (France) - L54457